시시한
생각이라도
괜찮아

시시한 생각이라도 괜찮아

상상에 날개를 달아주는 다정한 밑그림

초판 1쇄 인쇄 2021년 12월 20일
초판 1쇄 발행 2022년 1월 10일

글·그림 홍인기

펴낸이 김영애
펴낸곳 moRan
출판등록 제406-2016-000056호
전화 031-955-1581
팩스 031-955-1582
전자우편 moran_con@naver.com

ISBN 979-11-958060-8-9 03810

시시한
생각이라도
괜찮아

상상에 날개를 달아주는
다정한 밑그림

홍인기 글 · 그림

moRan

프롤로그

특별할 것 없이 남들만큼 살고 있는 것 같다.

특별히 불행하지도 않고

특별히 행복하지도 않다.

그저 늘 조금 기쁘고 조금 아파.

그렇게 반복하다 보면 쌓이는 게 느껴져.

정체는 잘 모르겠지만 검고 무겁고 불쾌한 무언가.

불안인지 스트레스인지. 아니면 쓸리고 깎여 나온 내 찌꺼기인지도 모르겠다.

채우고 싶을 때

둘러보고 싶을 때

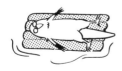

세 칸

상상하고 싶을 때

이 책을 갖고 노는 법

이 연필을 든 고양이 상자에 그림을 그릴 힌트가 있습니다. 하지만 힌트대로만 할 필요는 없죠. 상상 속 풍경을 그릴 수도 있고 단순히 선을 긋거나 칠할 수도 있어요. 어깨에 힘을 빼고 자유롭게 해 주세요! 일단 준비운동 삼아 눈 앞에 보이는 것을 그려 보세요.

 준비물: 연필·시간·열심히 손을 움직일 체력

한 칸

채우고 싶을 때

아무튼 손을 움직이고 싶은 사람에게.
상황에 맞춰 원하는 대로 선을 긋거나
칠해 봐요.

쟤 집 마련

'내 집'?
그게 뭘까.

'내기 싫다. 집세.'의
줄임말인가?

달팽이다.

그러고 보니까
저 녀석은 날 때부터
자기 집이 있네.

하나 뿐이니
갭 투자는 못하겠지만.

예쁘게 빙글빙글 나선 모양을 그리면 달팽이에게 평수가 넓은 좋은 집을 줄 수 있어요. 당신에게 달렸습니다.

욕망의 길이

지폐를 kg 단위로 세고 싶다고 생각한 적이 있어요.
영수증도 m 단위로 세고 싶네요. 만족할 만큼 쓰면 몇 m 정도가 될까요?
원하는 만큼 영수증을 늘려봐요.

바비루사

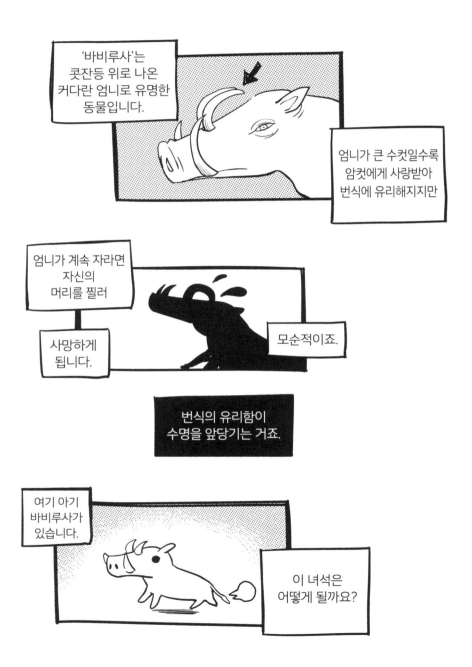

채우고 싶을 때

멋진 뿔도 갖고 싶고 장수도 하고 싶은 욕심 많은 녀석입니다.
이루어줄지 말지는 당신에게 달렸어요.

수면 마일리지

세계쾌면협회는 수면의 양적 질적 저하를 우려하여

전 세계 국가와 오랜 협의 끝에 특단의 대책을 발표했다.

수면시 자연적으로 'Z'가 발생하는 점에 착안하여

이것이 적립되면 다양한 혜택을 부여함으로써 수면을 장려하는 것이다.

전통시장, 의료 항공, 주유, 여행 등 다양한 분야에서 활용 가능.

수면 부족의 획기적인 대책으로 주목받고 있다.

그냥 자려니 하루가 아쉽다는 기분이 든 적 없나요?
이젠 자고 싶은 마음과 자기 싫은 마음 사이에서 갈등할 필요 없습니다.
많은 Z로 풍족한 삶을 살아 봐요.

일손부족

중생을 구할 손은 많을수록 좋아요.
그 많은 손의 온기만으로도 세상이 조금은 살기 좋아지지 않을까요?

지우고 싶은 건

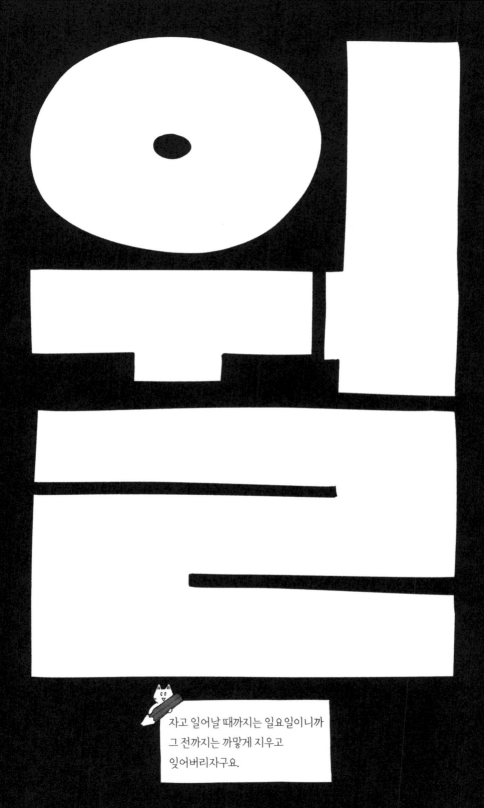

자고 일어날 때까지는 일요일이니까
그 전까지는 까맣게 지우고
잊어버리자구요.

치명적이고 화려한

채우고 싶을 때

미래의 나에게

당장 해결할 수 있는 일이라도 그게
미루지 않을 이유가 될까요? 나중에 하는 게
지금보다 더 좋게 끝날 수도 있죠.
미룰 수 있을 때 최대한 가늘고 길게 미뤄 봐요.

지이이

불안

별자리는 별의 자리

채우고 싶을 때

초밥자리

그리고 남은 것이 별자리가 되는 거예요. 꽤 힘든 일이죠.

빛나고 좋은 것들을 늘려 나가다 보면 행복해질 거라 생각할 때가 있습니다. 하지만 반대로 해보는 것도 때로는 좋을지 몰라요. 별들을 지워서 자신만의 별자리를 만들어 봐요.

원초적 정의

개성 넘치는 알록달록 레인저.
개성만점 영웅들을 칠해 봐요.

정의를 사랑하는 마음만 있다면
어떤 색이든 괜찮죠. 줄무늬도 괜찮고
점박이도 괜찮아요.

꼬임 꼬임

깨끗이
청소를 한다.

청소기에 먼지가
많이 들어간다.

티끌을 모으면
정말로
태산이 된다.

청소기가 너무
무거워지고
말았어.

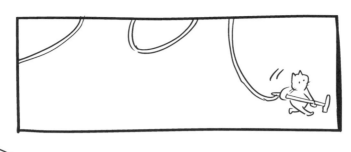

고민을 입밖으로 끄집어 냈더니 불현듯 해결 방법이 생각난 적 없나요?
생각지도 못한 힌트가 거기에 있곤 합니다. 배배 꼬인 줄을 그리다 보면
복잡하게 꼬인 뭔가를 해결할 힌트가 떠오를지도 몰라요.

키 재기

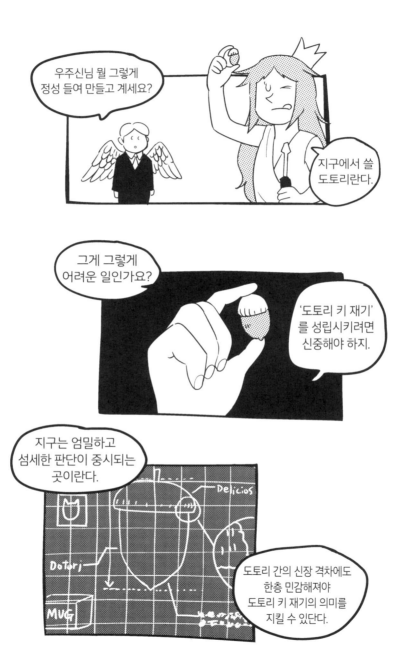

채우고 싶을 때

언뜻 보기에도 큰 도토리는
'도토리 키재기'에 껴주지
않아요. 소외되는 도토리가
없도록 일정한 크기로
도토리 집단을 만들어 봐요.

내 포메라니안

채우고 싶을 때

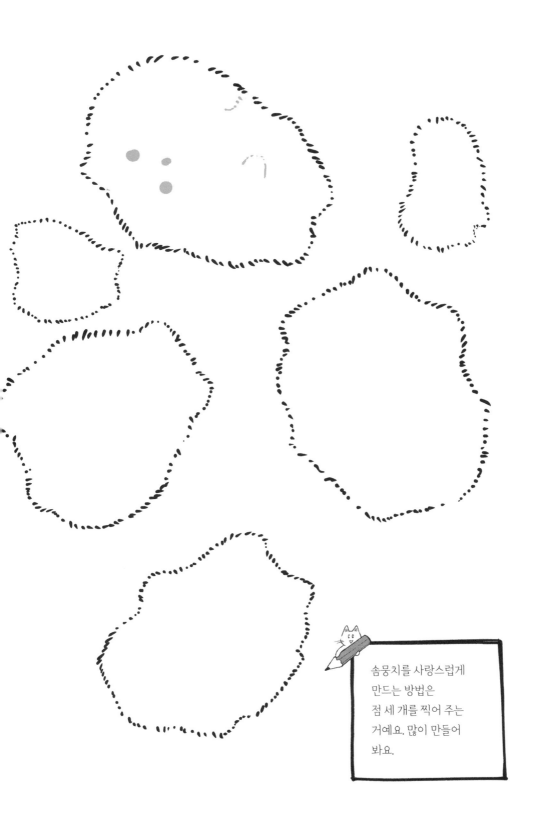

솜뭉치를 사랑스럽게
만드는 방법은
점 세 개를 찍어 주는
거예요. 많이 만들어
봐요.

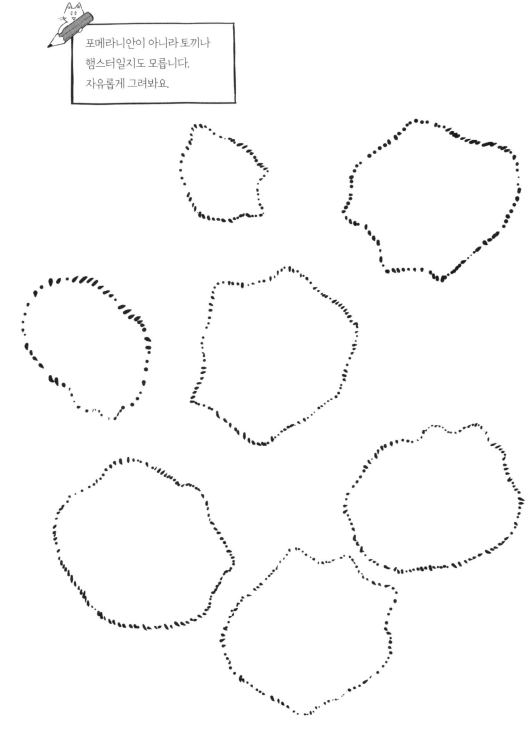

포메라니안이 아니라 토끼나
햄스터일지도 모릅니다.
자유롭게 그려봐요.

채우고 싶을 때

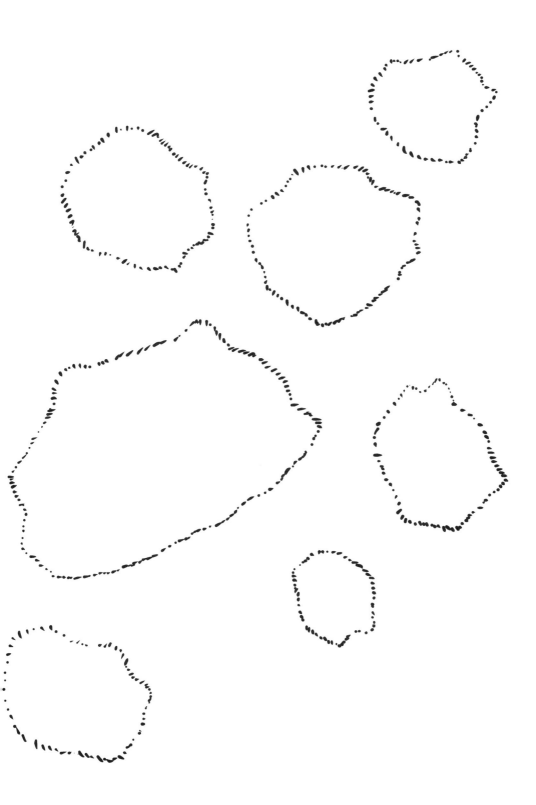

신비의 수

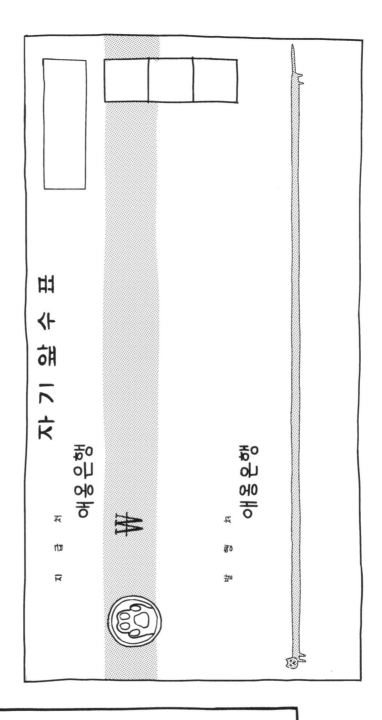

9를 많이 써서 풍족함을 느껴보세요.
물론 타인을 위한 일을 할 때 느끼는 마음의 풍족함이죠.

 준비물: 연필 · 주변을 둘러볼 여유 · 유 무형의 친구들

두 칸

둘러보고 싶을 때

자신의 일상과 함께 하는 것을 그리고 싶은 사람에게.
내 주변의 여러 가지를 새롭게 바라 보세요.
그리고 그려 보세요.

보통 날의 기쁨

특별한 날을 축하하는 케이크의 의미를 생각해 보면 먹을 수 있는 부분보다는
장식이야말로 케이크의 정체성일지도 모릅니다. 멋진 장식을 그려 봐요.
빵은 양보해 주세요.

당근 외계인

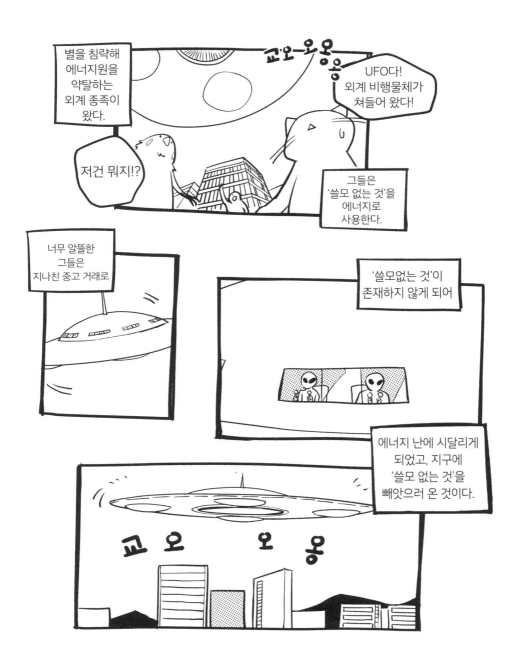

잡힐 듯 잡힐 듯

좋아했는데 지금은 없어져 버린 것, 이제 기억도 희미한 그것은
무엇일까요?

스케일의 힘

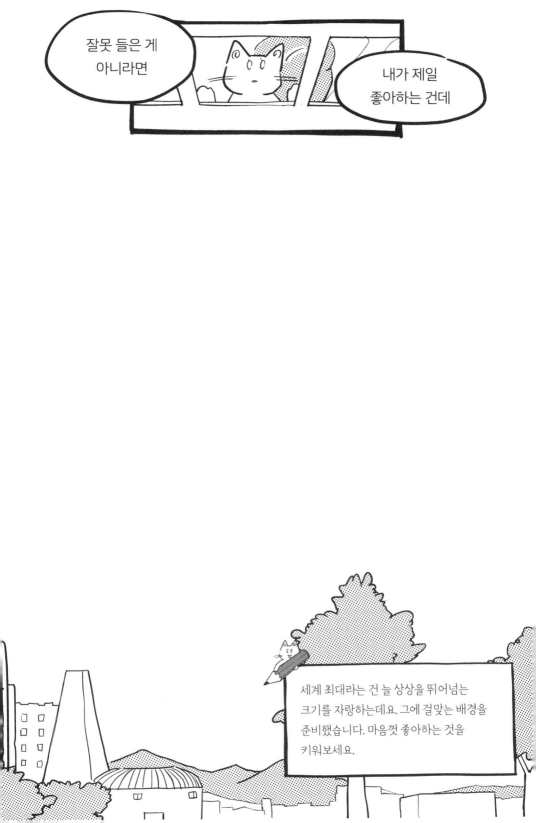

어른 나무

둘러보고 싶을 때

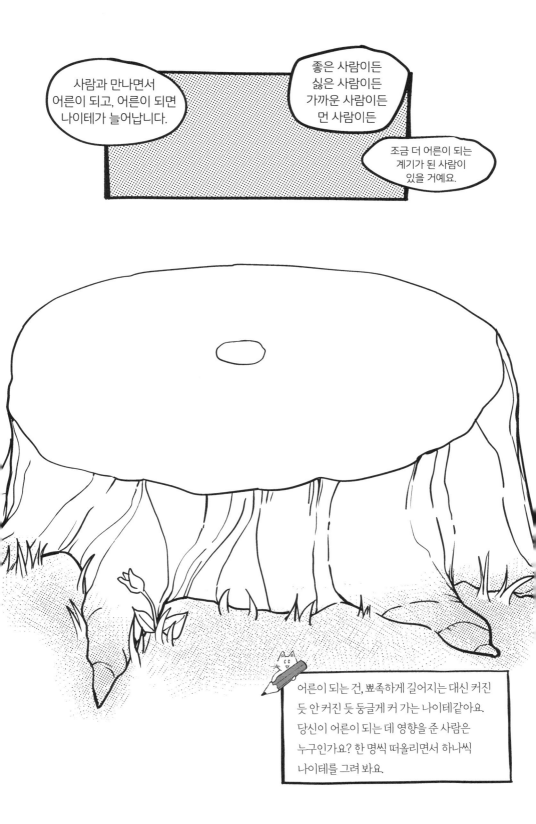

때로는 과시하기

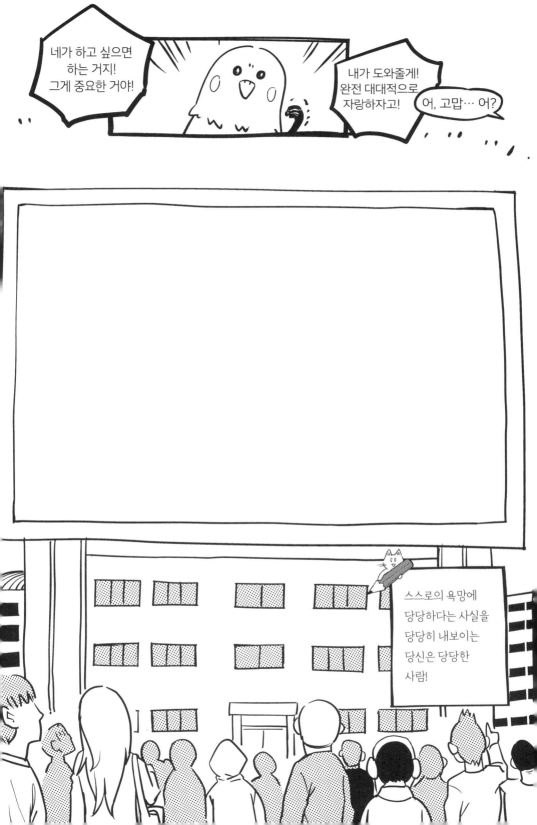

마음의 무게

일상에 감사하고 주변을 둘러보는 기회를 갖기 위해 정부는

매년 오늘 하루동안은 소중하게 여겨지는 사물일수록 무거워지는 법안을 제정했습니다.

그런 게 법으로 되는구나.

아, 나 바람에 날려간다.

불쌍한 녀석.

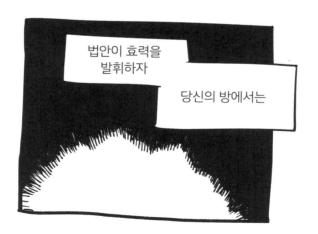

법안이 효력을 발휘하자

당신의 방에서는

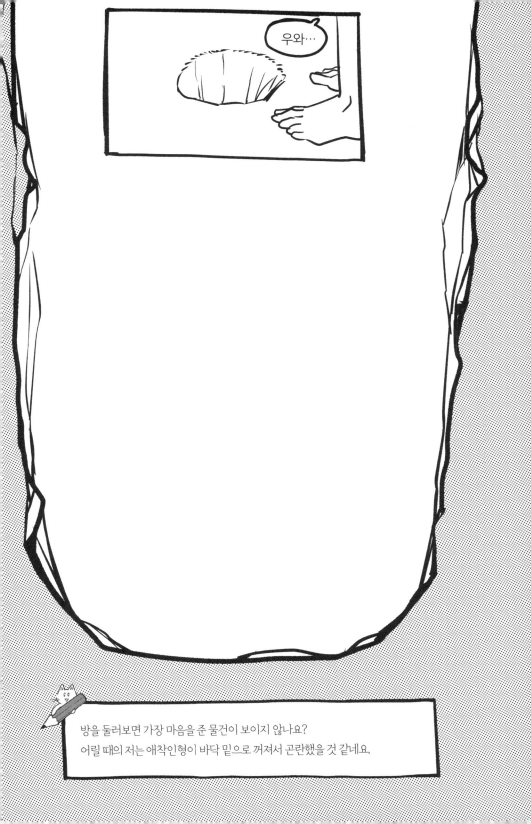

방을 둘러보면 가장 마음을 준 물건이 보이지 않나요?
어릴 때의 저는 애착인형이 바닥 밑으로 꺼져서 곤란했을 것 같네요.

소박한 흔적

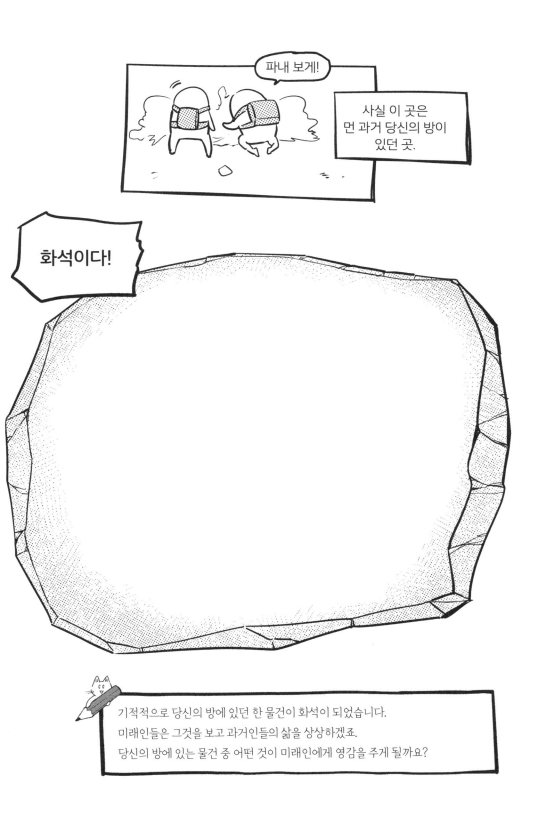

파내 보게!

사실 이 곳은
먼 과거 당신의 방이
있던 곳.

화석이다!

기적적으로 당신의 방에 있던 한 물건이 화석이 되었습니다.
미래인들은 그것을 보고 과거인들의 삶을 상상하겠죠.
당신의 방에 있는 물건 중 어떤 것이 미래인에게 영감을 주게 될까요?

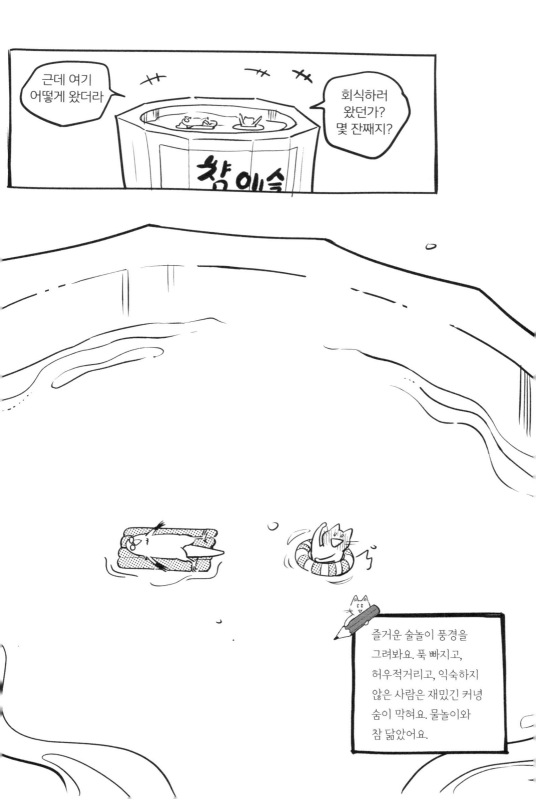

빨간 색을 찾아서

금기를 뜻하면서도
동시에 자극적이고
매력적인 빨간색.
모을수록 달력이 많이
많이 빨개져요!

신비의 생태계

냉장고 안

온갖 식재료가 천천히
상해 가고 있는
혹한의 땅.

여기에는
식품의 남은 유통기한을
먹으며 살아가는

유통기한 요정이
살고 있다.

방치되어 유통기한을 계속해서 먹고 자란 요정은 냉장고의 생태계를 새롭게 만들어 간다.

잘좀 챙겨 먹어

채소, 과일, 소스가 무관심과 게으름을 양분으로 성장해 가는 냉장고의 생태계.
유통기한 요정이 뛰어노는 멋진 정글을 만들어 봐요.

좁고 좁은 저 문으로

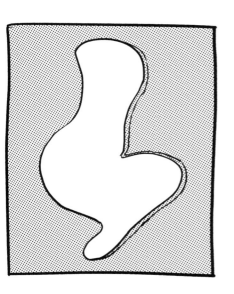
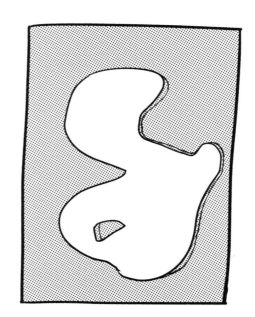
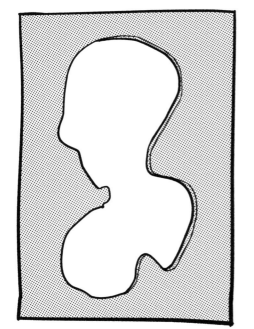
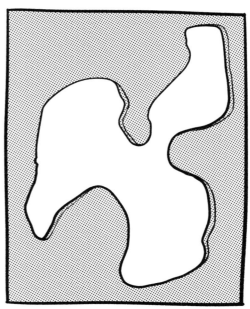

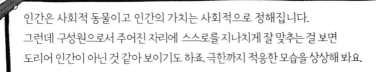
인간은 사회적 동물이고 인간의 가치는 사회적으로 정해집니다.
그런데 구성원으로서 주어진 자리에 스스로를 지나치게 잘 맞추는 걸 보면
도리어 인간이 아닌 것 같아 보이기도 하죠. 극한까지 적응한 모습을 상상해 봐요.

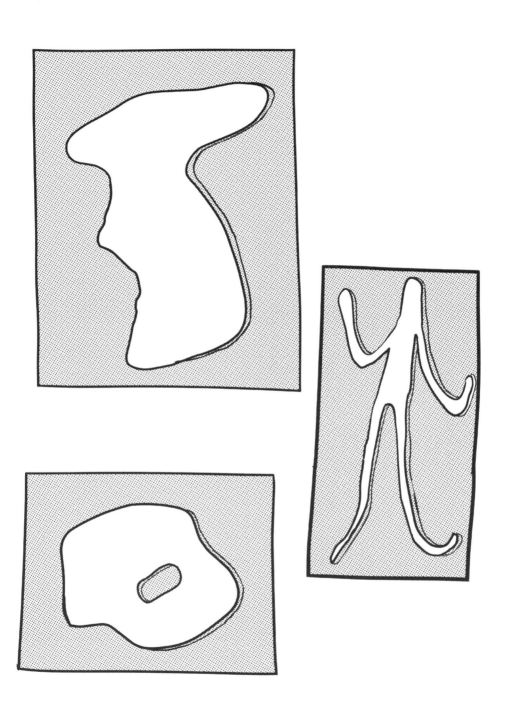

둘러 보고 싶을 때

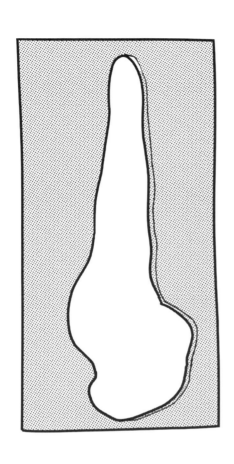

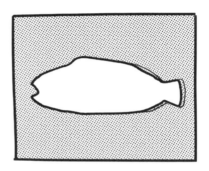

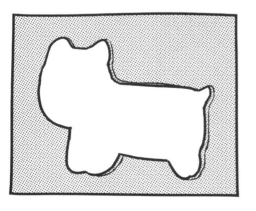

나를 위한 짧은 도피

내 인생의 골칫거리들, 나를 괴롭게 만드는 여러 가지 것들.

객관적으로 보면 이까짓 거 대체 뭐 대단한가 싶을 때도 있어요.

그치만 알 게 뭔가요. 당장 내가 힘들다는데. 내가 얼마나 버겁게 느끼는지 그걸 아는 게 더 중요하죠.

보다 정확히 알면 감당하는 데 도움이 될지도….

멍석 좀 깔아 볼게요.

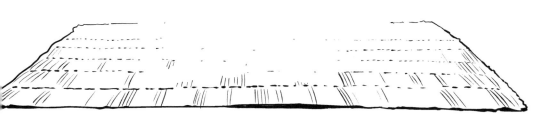

여러분의 골칫거리를
이 멍석에
꺼내 보세요..

둘러 보고 싶을 때

잠시만 안녕!

나의 달콤한 세계

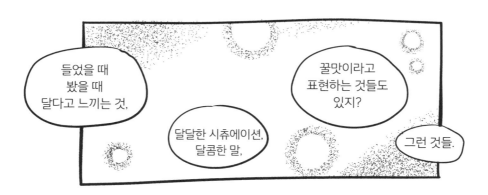

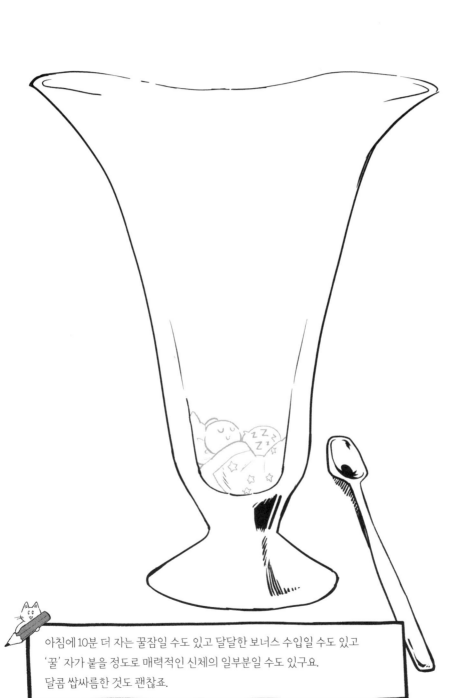

아침에 10분 더 자는 꿀잠일 수도 있고 달달한 보너스 수입일 수도 있고
'꿀' 자가 붙을 정도로 매력적인 신체의 일부분일 수도 있구요.
달콤 쌉싸름한 것도 괜찮죠.

즐거운 우리집의 어둡고 외로운 곳

옷장 위 구석에 있는 옷 상자 보다도 볕들 날이 없는 책장 밑.
거기에 있는 것은 뭘까요? 이사 때 보고 놀라보거나 그리운 기분이 되거나
안쓰러운 기분이 든 적이 있을 것 같아요.

일상의 불안

둘러보고 싶을 때

어떤 '동물의 세계'

살아 남기 위해서
할 수 있는 것이라곤
숨는 것 뿐.

눈에 띄지 않도록 주변에 녹아 드는
무늬를 만들어 주면 좀 더 오래 살 수
있을지도 몰라요.

'어떤 동물'의 세계

세 칸

상상하고 싶을 때

뭘 그릴지 생각하는 게 즐거운 사람에게.
주어진 상황에서 스스로 어떤 것을 원할지
상상하고 그려 봐요.

위장하는 사원

보다 편안한 생활을 위해 할 수 있는 걸 굳이 하지 않거나 일부러 못해야 할 때가 있죠. 도저히 눈 뜨고 볼 수 없는 패션 센스를 발휘해 봐요.

위를 보고 걷자

상상하고 싶을 때

하늘을 그려 봐요.
별 생각 없이 올려다 본
하늘이 인상적이었던
적이 있나요? 하늘에
뭐가 있었기에?

눈높이 나름

아주 큰 것이나 아주 작은 것에 동경을
느낄 때가 있습니다. 사람 키만한 호두나
발목까지 오는 비행기는 어때요?

기념품의 정석

좋은 곳이었어.

즐거운 여행지의 추억 한 잔. 외국 여행 기념품 중에 가장 일상 생활과 밀접한 물건이 아닐까 싶어요.

개발과 아련함

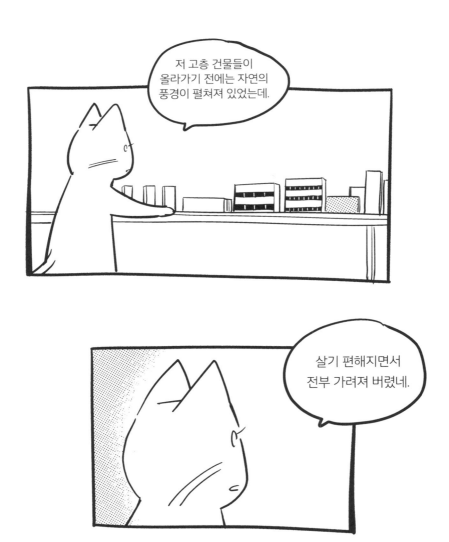

빌딩 숲이 산을 가로막은 것은 두 번째로 안타까운 일이고, 빌딩 너머로
기중기가 보이는 것은 가장 안타까운 일입니다. 여전히 건강한 모습을 하고 있는
도시 뒤 숲을 그려 보세요.

스마트 심령 현상

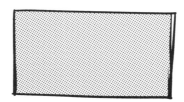

얼마나 기구한 사연들이 있기에 죽어서도 남 앞에 나타날 정도일까요?
척 보기에도 사연이 엿보이는 얼굴들이 아닐까 싶습니다.

뾰족뾰족

상상하고 싶을 때

자신의 버리고 싶은 부분을 버릴 수 있게 된다면 망설임 없이 바로 버릴 수 있을까요? 막상 그렇게 되면 조금 무서울 것도 같습니다. 고슴도치는 어떤 선택을 했을까요? 버렸다면 대신 뭘 얻었을까요?

앞과 뒤가 다르다?

거부할 수 없는 부름

상상하고 싶을 때

음, 이거 강적이네.

그럼 대체 무슨 일이 생겨야….

아, 오늘은 출근 안해도 된다구요? 네 알겠슴다.

창 밖에 무슨 일이 있어야 사장님이 그냥 오지 말라고 할까요? 상상하다 보면 어지간한 재난영화 하나는 뚝딱 만들어지는 기분입니다.

위대한 기립

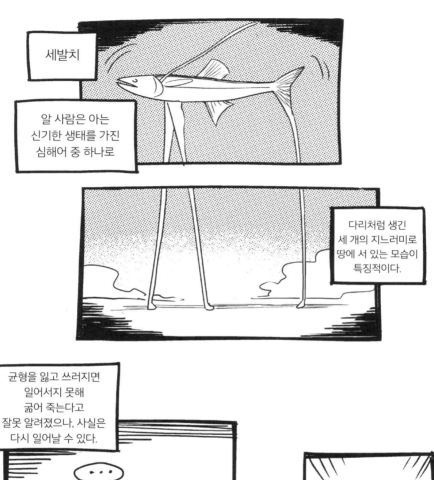

세발치

알 사람은 아는
신기한 생태를 가진
심해어 중 하나로

다리처럼 생긴
세 개의 지느러미로
땅에 서 있는 모습이
특징적이다.

균형을 잃고 쓰러지면
일어서지 못해
굶어 죽는다고
잘못 알려졌으나, 사실은
다시 일어날 수 있다.

이것은
가늘고 약해보이는
다리 때문에 퍼진
소문에 불과했다.

불쾌해진 세발치는 다짐했다. 좀 더 튼튼한
다리로 세상을 향해 보란듯이 땅 위에
서겠노라고…. 그렇게 얻은 다리의 모습은
어떤 것일까요?

적당히 완성시키기

시작이 반이고, 모로 가도
서울만 가면 된다고 하죠.

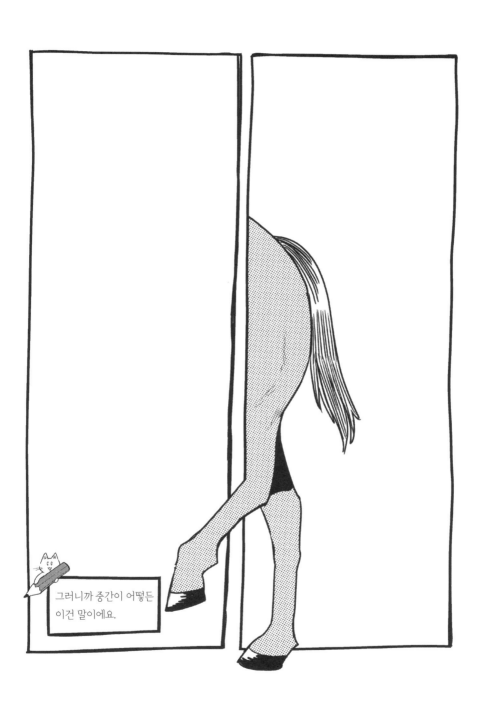

미확인 생물

여유가 생긴 덕에 가족도 많이 늘었죠.
이만큼이나 있어요.

사진도 영상도 발달한 현대에 목격 자료가 더 적은 걸 보면, 조용히 지켜보며
보호해 줄 생각이 없는 세간에 실망해 은거한 모양입니다. 많은 가족들과 함께
행복하게 살고 있기를 바랍니다.

미싱 링크

상상하고 싶을 때

생물의 진화 과정 중, 누락된 중간 단계를
우리는 미싱 링크라고 하죠. 비둘기에겐
대체 무슨 일이 일어난 걸까요?
중간단계를 상상해봐요.

코끼리를 넣는 법

한 가지 업적에 안주하지 않고 새로운
도전에 임하는 코끼리를 응원해 봐요.
중절모에 이은 그들의 새로운 퍼포먼스는
어떤 게 될까요?

아름다운 황금

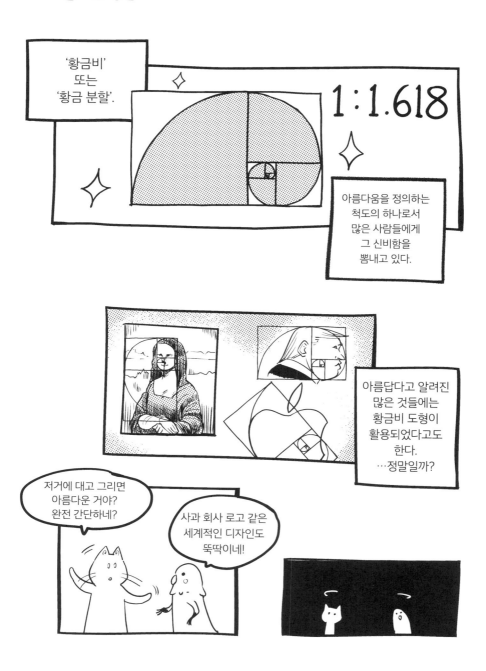

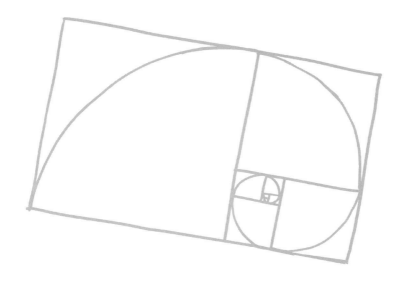

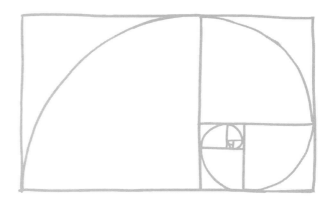

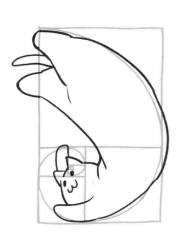

사진 위에 이 황금 소용돌이를 올리면 어떤
것이든 아름다워보이는 효과가 있는 것 같아요.
이번엔 반대로 해볼까요? 황금의 아름다움을
마구 생산해 봐요.

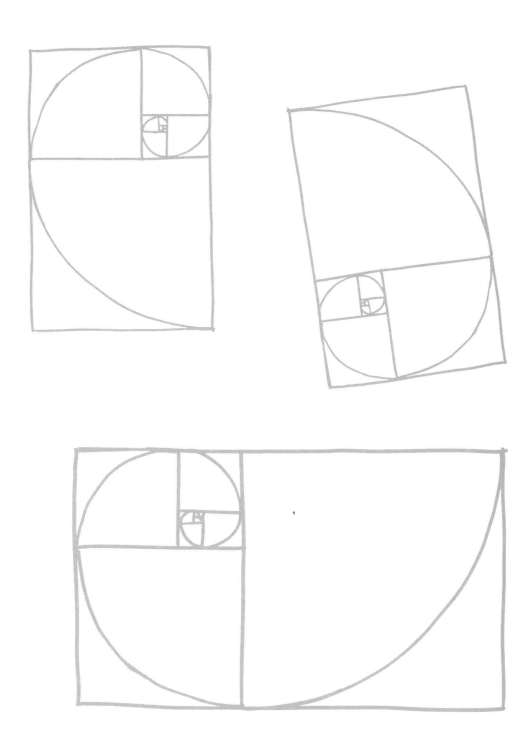

상상하고 싶을 때

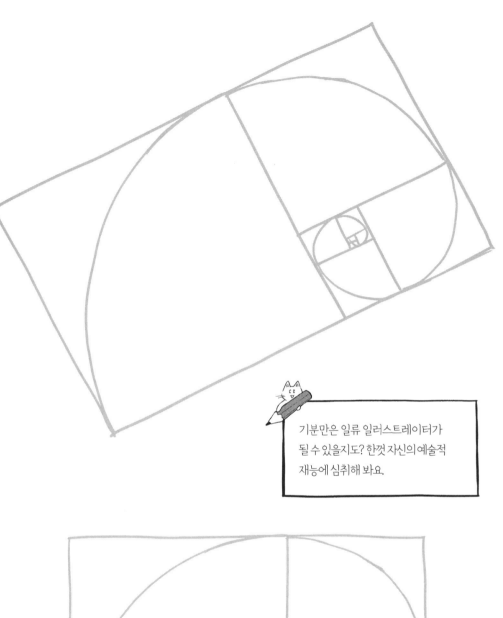

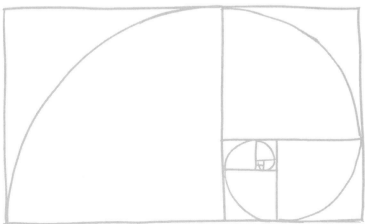

기분만은 일류 일러스트레이터가
될 수 있을지도? 한껏 자신의 예술적
재능에 심취해 봐요.

신의 진노와 도넛

도넛의
한 가운데가
비어있는
이유를

한 신화에서는
이렇게 설명하고
있지.

먼 옛날 도넛의
가운데 부분이
꽉 차 있던 시대.

도넛의 가운데는
신의 질투를 살 정도로
아름다웠다고 한다.

그 도넛의
모습을 보고
뭇 사람들은

너무
아름다운 나머지
밤에도
등불을 켠 듯
빛난다 하여

'등 킨 도넛'이라
불렀다 한다.

그 눈부신 모습과
아재 개그스러운
별명을
괘씸히 여긴 신은

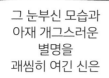

도넛에 벌을 내려
가운데 부분을
없애버렸고, 그 모습을
기억하는 자는
아무도 없게 되었다

누구나가 부정하는 도넛 가운데의 존재를
뒷받침해 주는 귀중한 신화입니다.
그 아름다운 가운데 부분을 상상해봐요.

한 줌 작은 희망

상상하고 싶을 때

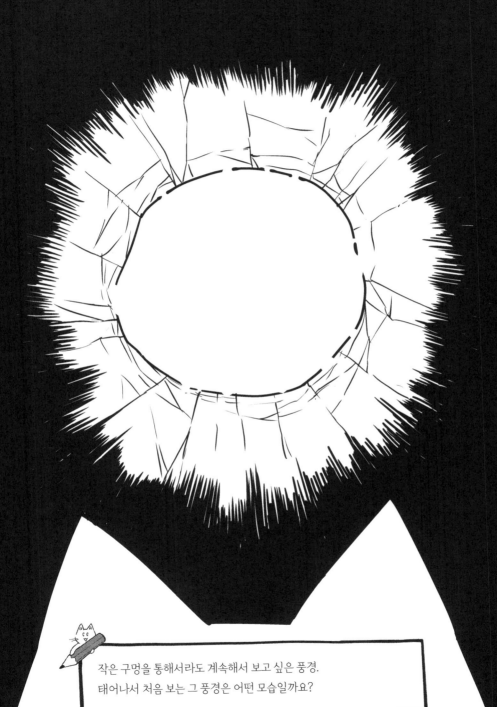

작은 구멍을 통해서라도 계속해서 보고 싶은 풍경.
태어나서 처음 보는 그 풍경은 어떤 모습일까요?

에필로그

괜찮다는 것은 여유입니다.

우리가 '아직 괜찮아'라고 말할 수 있도록

우리 안에 쌓인 것들을 비워서

여유를 만들어야 할 때가 있습니다.

괜찮다는 것은 연료이기도 합니다.

우리가 '아직 괜찮아'라고 말할 수 있도록

우리 안을 채워야 할 때가 있습니다.

복잡한 생각을 비우고 손을 움직여도 되고,

즐거운 상상으로 스스로를 채워도 됩니다.

연필과 지우개를 들고 이 책을 자유롭게 즐기세요.

여러분이 무관심과 위로를 동시에 느낄 수 있으면 좋겠습니다.